KB120981

목련꽃 떨어지듯
내 가슴엔 함박눈이 내리고…

진심으로
그대를 사랑합니다

너를 빌리다

초판 1쇄 인쇄일 2014년 02월 18일
초판 1쇄 발행일 2014년 02월 21일

글 이재형
펴낸이 양옥매
디자인 신지현

펴낸곳 도서출판 책과나무
출판등록 제2012-000376
주소 서울특별시 마포구 월드컵북로 44길 37 천지빌딩 3층
대표전화 02.372.1537 팩스 02.372.1538
이메일 booknamu2007@naver.com
홈페이지 www.booknamu.com
ISBN 979-11-85609-07-2(03810)

이 도서의 국립중앙도서관 출판시도서목록(CIP)은 서지정보유통지원 시스템
홈페이지(http://seoji.nl.go.kr)와 국가자료공동목록시스템
(http://www.nl.go.kr/kolisnet)에서 이용하실 수 있습니다.
(CIP제어번호 : CIP2014005174)

이재형 시집 06

너를
빌리다

어둠은 어디에서 내려오는지. 노을이 사라지면 별들은 반짝거린다. 세상의 모든 비밀은 어둠에서 비롯되기도 한다. 자시에 태어난 내 눈빛도 밤늦게까지 생각이 휘청거린다.

겨울이 다시 찾아왔다. 몹시 춥기도 하고 눈도 많이 내리는 날들. 거뭇한 날들은 우울하고 음산하다. 그래도 겨울밤은 길어서 오래된 이야기가 기다린다. 특히, 눈 내리는 밤은 아득한 전설처럼 시간 가는 줄 모른다.

봄을 기다리는 심성은 지루하지가 않다. 절기는 언제나 세상으로 들어가서, 때가 되면 다시 천천히 걸어 나온다. 푸른 숨을 죽이면서 백설을 바라보는 것도 만만찮은 묘미가 있다. 죽은 듯한 나무 밑에서 캄캄한 절벽을 뚫고 나가려는 몸부림도 있다.

생각 매듭을 하나하나 풀어서 한 권의 책으로
만들었다. 미숙한 글을 읽어 주실 모든 분께 진심으로
감사드린다.

2014년 02월

천수 이재형 드림

정처 없는 바람을 찾아

바람 불어 여행을 즐긴다. 여기저기 이것저것 보러 곳곳에 잘 다닌다. 출발은 언제나 마음이 설렌다. 가는 곳마다 설익은 풍경도 정겹다. 어딜 가나 나는 간 곳 없다. 딱히 정하지 않는 곳으로 간다. 자동차에 아름다운 목소리가 있으니 길은 몰라도 된다.

생소한 낭만이 나를 들뜨게 한다. 낯선 곳에서는 역시 밤이 제일 수상하다. 찬란한 불빛은 밤거리를 들쑤셔 놓는다. 오래된 꿈도 물고기처럼 이리저리 흘러다닌다. 달빛보다 별을 헤아릴 수 있는 밤이면 훨씬 더 즐겁다.

나만 몰랐던 곳에서 맛있는 음식은 입맛을 돋운다. 우선 배를 채우면 마음이 정직해진다.

사유는 물을 필요도 없다. 집은 멀고, 집 밖은 어딘가 허전하고 불편스럽다. 세상의 바람은 불고 적막은 그렇게 밤을 어루만진다.

간밤의 여독이 채 가시기도 전에 벨이 울린다. 전화는 잠도 없다. 기계 속에 나를 구겨 넣는다. 나의 위치는 이미 위성에 잡혔다. 이 좁은 땅에서 어디를 가야 하나. 구름은 옹알이를 한다. 햇살 아래 없어야 할 갈등이 생긴다. 승자가 있어도 승패는 없다. 하찮은 해프닝은 너무 쉽게 끝난다. 가벼운 발걸음이 최고의 승자랄까. 경쾌한 하루가 시작된다.

두 눈에 담기는 풍경은 가슴 깊이 잘 저장된다. 낮은 산과 높은 산은 가까이 다가오다가 멀어지고 다시 포개진다. 멀리 보이는 바다가 푸른 하늘처럼 평온할 때도 있다. 구름은 여러 가지 모양새를 갖추어 세상을 유람한다. 추억은 그렇게 만들어진다.

역마살은 시공을 초월하는 것 같다. 바람을

가르며 달리고 날아다닌다. 머물고 싶을 때 머물고, 떠나고 싶을 때 떠난다. 몸이 허락하는 한, 기차와 자동차와 비행기는 한없이 타고 다녀야 할 것 같다.

새로운 추억이 나를 부추긴다. 내일 그곳에 빨리 가 닿으리라. 이럴 때 내가 좋아하는 옛시조를 읊조려 본다. 우정이 있고, 운치도 있다. 맛있게 차려진 주안상은 나를 그 시절, 그 자리로 데려다 준다.

재 너머 성 권롱 집 술 닉닷 말 어제 듯고
누은 쇼 발로 박차 언치 노하 지즐 타고
아해야, 네 권롱 겨시냐 뎡 좌수 왔다 하여라

— 송강 정철 —

그 곳이 어딘지 몰라도
바람이 다시 나를 부른다!

세상은 언제쯤 나를 자유롭게 놓아줄까
그때까지 긍정적으로 즐겁게 살고 싶다.

목차

제 1 부

밤새 그 무슨 일이

제 2 부

너를 빌리다

제 3 부

시간을 잠재우는 의혹

제 4 부

회상의 근황

제 5 부

황홀한 치유

그대의 놀이터에도

고독을 동침하는 밤은 오는지요

제 1 부

밤새 그 무슨 일이

전설의 일침

생은
한 줄기 떨림이어라

그대 가슴에
작은 우주가 있나니

그 숨결로
한 세상이 살아가고 있네요

〈2013 안동예술제 시화전〉

꽃바람

한동안 잊었던
훈기가 마음 열었는지
적적한 살 품으로 스며드네

의중이 수상하다

향내 풍기며
속살까지 더듬으니
갈피를 잡을 수가 없구나

에라, 모르겠다
유혹인들 어쩌랴!

괜히 설레어
더운 옷을 벗는다

머나먼 이웃

이상한
나라에서 온 사람들

굳게 닫힌 철문, 저 너머 삶

곁눈질로 슬쩍 보는
벽걸이 그림인가

나는 보지 못했네
사람들을

어느 날인가
이삿짐만 오가네

탄생, 또 하나의 인연

새로운 삶은
물의 푸른 문을 열면서
시작된다나

물의 경전을
배우고 읽으며 자라난 꿈이
현실로 깨어나는 순간

떨리는 것은 감정이요
떨어지는 것은 물방울이라
물도 웃고 우는 걸까

전생의 물빛으로
그대 그림자는 지워지네

몸과 몸이 떨어지면서

〈2011 안동문학 제34집〉

밤새 그 무슨 일이

그대의 놀이터에도
고독을 동침하는 밤은 오는지요

행여나
촉각을 곤두세우며

침묵은 은밀하게
말쑥한 외로움을 늘어놓지만

뒤섞여 살다 보면
그날이 그날 같은데
자고 나면 새롭게 보이네요

태양 또한
간밤을 얼마나 저질렀으면
아침까지 얼굴이 저리 붉을까요

아지랑이

현란한 너의 자태는
타고난 천성인가 보다

봄볕 아래
알몸으로 뭉그적거리며

한없이 그리워지도록
아물아물 한 사랑을 피워 올리니
세상사 다 잊을 듯, 말 듯

너의 눈웃음에
향긋한 키스와 만감을 토렴하여
지상 끝까지 달려가고 싶은

넋 잃을 사람이 따로 없겠구나

사랑, 너무 짧아요

봄꽃
온 천지에 흐드러지더니

열흘도 못 가서
비바람에 눈발처럼 흩날리네

으레 갈 길을
가는 것뿐인데

바깥에 서서
흐느끼는 사랑 같아

애써
고개 돌려
먼 산만 바라본다

〈2013 안동문학 제36집〉

밤과 낮 사이

한 알 씨앗이
생각의 안팎에서 자라나
우주를 향하여 날아가네

무량한 과거는
흔적도 없이 여운만 남았고

불확실한 미래는
먼 데서 빛을 발하니

손금 따라 걸어가던
사랑이 길을 헤매네

〈2012 안동예술제 시화전〉

순수한 이성

순결을 지키려는 절개인가요

늦은 밤
는개처럼 슬슬 내려와
잠 못 드는 창가에서 떠나질 않아요

어둠을 빌려
본심을 토로하자면

고의로
거짓을 은폐시켰으니
이는 중대한 범죄이거늘

죄인이 저지른 탐심을
어찌 이성으로만 탓할 수 있으리요

한밤의 관음증이라기보다
절절한 심정으로
다시 한 번 그리워해 보는 것이지요

갈대의 야망

당신은 울지 않는다

당신의 유일한 활력은
온몸으로 혼탁한 마음을 털어 내는 일

당신의 희망은
당신의 불행은
진자리에서 더는 자랄 수 없었고

바람의 징검다리가 되어

오로지
쓰러지지 않으려는 야망으로
당신은 살고 있다

죽기보다 살기

입이 있어 살고 있다
한입에 웃음도 있고 비명도 있다

사랑을 노래하듯이
울분을 내뱉고 삼키며 생사를 회자한다

약한 자들이여, 힘을 키워라
힘 있는 자들이여, 늙을 것이니라

영광스러운 포식자들은
거만하게 연가宴歌를 부를 테고
빈약한 자들은 이렇게 외칠 것이다

"훗날, 너희도 울부짖고 몸부림치면서
구원을 찾아 헤매리라"

비명은 주검을 거역하다

어두운 밀림에서
맹수들이 기지개를 켠다

천리안으로
일용할 양식을 구하려 하니
불빛이여 저리 가라

포효가 지천을 뒤흔든다
영역의 만용으로 신세타령하지 않는다
외마디 소리만 산천에 메아리친다

날카로운 눈총이
고개를 갸우뚱거릴 때

주검을 떠난 울음은
날마다 밤을 찾는다

임계점 臨界點

웅덩이에 고인 빗물이
세상 모든 걸 잠시 품고 있다지요

얼마나 오래갈까요

천지간에
아무리 깊이와 넓이를 더해가고 싶어도
메말라 가는 비운은 어쩔 도리가 없겠지요

생이 억울하다고 느끼면서
짧은 잣대로 먼 장래를 가늠해 보면서

혼자만의 고난을 비문에 새기겠지요

밤하늘의 낭만

은하의 창가에서
배시시 웃고 있는 초승달

뭇별들이
추파를 던지누나

어둠의 편향으로
꿈길에 떠날 사랑인걸

구름이여
샘내지 마라

한갓 거쳐 가는
순례의 길이란다

까닭을 찾으려고

봄꽃을 처음 본 듯이
우리가 언제 만난 적이 있었던가요

삼복더위에 짜증 내듯이
어디서 무엇을 하느냐고 묻지 마세요

낙엽을 보면 생각나듯이
어떻게 사느냐고도 묻지 마세요

겨울날 능청을 부리듯이
가물가물한 기억으로 "누구시더라"
묻고 또 물어보시네요

그대, 여태 잠들지 않았나요
창밖에는 지금 함박눈이 내리네요

어둠의 마각

굶주린 저녁 식사는
참으로 행복하였습니다

포만의 세레나데에
흥청거리며 춤까지 추었습니다

허나, 짝사랑만
야밤을 휘젓고 다녔을망정

어둠은 끝내 말이 없었습니다

초록 일대기

살랑, 가랑잎들!

말랑말랑할 때는
한 몸에 시선을 받았겠지

해 짧아지고
입김 서리니

더 슬퍼지기 전에
서둘러 한 시절을 접는구나

봄날에 다시 오겠지
사랑을 만나러

어이없는 산불

느닷없이
파도가 산에 뛰어내리자
화들짝 놀란 산불은 잠시 경황을 잃었다

정신을 차려 보니
탄식이 절로 나온다

이게 웬 날벼락이냐
먼바다에서 네가 달려오다니!

위급한 고비는 넘겼다마는
부득불 우리는 다시 헤어져야 한단다

젖은 몸끼리
하염없는 눈물 속에

흰 듯, 검은 듯
애꿎은 한숨만 허공으로 날아가고 있었다

너도 비로소 사람이 되었으니

온갖 번뇌와 망상에 시달리는 것은 정한 이치라

제 2 부

너를 빌리다

열정이라는 공상

그대 생각에
남몰래 빙그레 웃을 때마다
벌렁거리는 저 좌심실 좀 봐

야릇한 쾌감으로
숨이 멎을 듯하네

난감한 사랑은
멈추고 싶은 곳을
찾아가는 바람이려니

붉은 입술이
어둠에 사라져도
그대 향기는 날아갈 줄 모르네

촛불 켜는 밤

염원하면서
거룩한 밤을 맞이하러 갑니다

발걸음이 느려서
마음만 조급합니다

오직
그대만을 위하여

몸은 물론이고
흘린 눈물까지
사르고 싶습니다

이후 향방은
아무것도 바라지 않겠습니다

어느 적, 생^生

누군가 곁에 없어도

당신의 일대 과업은
허공을 채워 나가는 일

발버둥을 칠 때는
무한 공간도 비좁다

누군가 곁에 있든 없든
허공에서 사라져야 하는 것, 또한
당신이 마무리해야 할 일

그때부터
미친 바람이 당신의 이력을
육필로 써 내려갈 것이니라

서로 기대어 살면서

손을 뒤집기는 쉬워도
손바닥은 잘 깨물 수가 없다

당신과 나
동전의 양면처럼
미워하기엔 너무 사랑스러워

서로 생각을 끄집어내고
생각에 생각을 집어넣는다

몸이 아프지 않도록
마음이 슬프지 않도록

진실한 배려는
짧은 생을 기록하느라
절명을 잊어버린다

당신에 대한 은유

장대같이 쏟아지는
빗속에도 신은 있었다

무수한 사선을
요리조리 피해 날아가는 새들은
신의 전령사들이었다

빗줄기가
격렬한 선율로
바닥을 두드리자

당신의 몸에 신기가 감돌았다
당신의 몸에서 새들이 울었다
당신은 그냥 젖기만 했다

한차례 소낙비가 지나간 뒤
신이 내려준 고요는
당신의 참회를 기다리고 있었다

몽유 夢遊

관능적인 구름 숲에는
상상의 신비가 절묘하다

너에게 가는 길은
구름 숲을 지나야만 한다

걸어가면서 생각나듯이
너에 대한 감각이
향기로운 삶을 왜 전율케 하는지

너의 모든 걸 사랑하며
스스로 위안을 삼아야 하는,
환상적인 그리움이
구름 나무들 사이로 얼굴을 조금씩 내밀고 있다

〈2011 안동문학 제34집〉

너를 빌리다

벌거벗은 마음으로
너도 울면서 태어났지

평생 짐을 질 너의 등뼈는
눕거나 벽에 기대는 습성을 길렀고
지독한 발자국은 풍요로운 땅을 좋아했지

안팎이 모호한 머리는
살과 뼈로 울타리를 쳤고
나약한 심장을 복장뼈로 감싸 안았지

놀라운 변화를 거듭하여
너도 비로소 사람이 되었으니
온갖 번뇌와 망상에 시달리는 것은
정한 이치라

아무런 보답 없이
너를 그냥 빌려서 미안하다
너를 얼룩지게 한 나를 지워다오

다시는 후회하지 않기를

하늘과 땅 사이에
당신과 나는 뜬구름 같네요

어제와 오늘을 견주어 보면서
두 번 다시 돌아오지 않을 날들을
곰곰 헤아려 보면 슬퍼지네요

우리네 빛은
서서히 시들어 가고

중심 또한
점점 멀어져 가건만

생의 초상肖像은
지은 죄가 무거워
모든 게 간절하여라

어리석은 침잠

당신은 나를 보살펴 주네요
나는 당신에게 무엇을 주었나요

살아가는 동안
특권을 누릴 수 없는
갈망은 쌓여만 가고

쓰디쓴 술잔으로
살의마저 느끼게 하는 애증에
원성만 증폭시키네요

우왕좌왕하는 사이
지나쳐버린 불찰이여!

난, 바보처럼
누구에게도 위안을 줄 수 없네요

빗방울

나는 탕아일까
널 가슴에 품고도
떠날 생각만 하는

그늘에서 잠자는
너의 고달픈 몸 위로
내 힘겨운 삶은 잠시 출렁이지만

본디 내 모양새가
투명한 시공인지라

햇볕 들면
구름을 찾아가야 하거늘

외로워 마라
무시로 찾아오마
어디를 간다 한들, 너를 잊겠니

〈2012 안동문학 제35집〉

심심하게 젖어

겨울 가뭄에
빗방울이 떨어진다

굳은 얼굴에
여백이 흐르니

잠잠한
그대 눈물 같아
가슴이 저민다

잊을 만하면 슬쩍 떠오르고

나는
갑자기 멍해진다

기억을 파종하다

너의 화살을 맞은 나는
고독에 쫓기는 짐승의 처지가 되어
숲 속에서 쉴 자리를 찾아 헤맨다

숲은 바람의 안식처라
까마득한 전설도 잘 간직하고 있다네

너의 화살을 뽑아 가라
소리가 떠나버리면
나무들이 내 몸을 취할 것인즉
숲의 미간을 밝게 해 다오

봄빛이 돌아오면
나의 혼은
창공으로 솟아오르리라

낯선 얼굴

그러잖아도
구차한 생이 천국에서 추방되었네

두발짐승의 유배지를
억지로 알고 싶지 않았죠

사는 곳이
곧 낙원이려니

어렵사리
밥값을 하는 동안

밤낮이 갈마들며
며칠이나 되었을까

웬 낯선 얼굴이
나를 마주 보고 있었네

과분한 은총

꿈에서나
가 보는 당신의 나라
온통 희고 고요하다

밤의 열기로
당신은 나를 품는다

정령에 휩싸여서
나는 당신을 느끼지 못한다

처음도 아닌데

괜한 심술인지
주기적인 발작인지

심사가 편치 않아서
아침이 징그럽다

위험한 현기증

모름지기
나조차 나를 잘 몰라요
지난날들을 죄다 잊은 것 같소

억지 논리로
나는 목석이 되었고
당신은 밤새 나를 탐색하네요

백 년은 족히 살고 싶다는
헛소리에 딱딱한 내가 미워지네요

생애의 잔상은 애잔한 것
어둠은 아무리 열어 봐도 어둠인 것

실성한 신음이
할 말을 빼앗아 가네요

설 땅, 없어지면
사방이 조용해지겠지요

스쳐 가는 향기

새벽빛은
언제나 느리게 열리네

축축한 형태들은
어둠과 하나하나 작별할 테지

생동은 삶을 매달아 달려갈 테고
죽음은 거절할 수 없기에 태연해질 테고

그리하여 막다른 이야기처럼

나는, 너를 어떡하나! 재스민 향기 같은
너는, 나를 즉시 잊어라! 먼지를 털어 내듯이

그러다가 저물녘에
오늘도 옹골차게 살았다는 자부심으로
종종 자랑스러울 때도 있을 테지

아무 일도 없었던 것처럼

거울에 비친 자화상

아!
어디서 많이 본 사람이더라
예외 없을 그대와 나

삶의 방식에
새로운 것을 얻으려면
지극한 정성을 들여야 하지요

어지러운 실수들은
면면에 머물다 지나가도

수시로 떠나갈
우리와 지평선 사이에는

다 가질 수 없는
풍경들만 남을 테니까요

커피 한 잔

모락모락
따스한 향기에
마른 몸을 녹이며

거절할 수 없도록
중독된 현실은 잠시 사색에 잠긴다

달콤한 사랑 같은
씁쓸한 이별 같은
우리네 이야기는 거리를 쏘다니고

음악에 젖은 낭만처럼
어제의 후렴은 찻잔에 찰랑거리며
그대를 기다린다

은은한 후각으로
불편한 하루를 증발시키고 나면

진부했던 오늘은
내일을 향해 입맛만 다실 뿐이다

〈2012 안동문학 제35집〉

자연에 순응하면서
공손하게 조금씩 늙어갈 따름이지

제3부

시간을 잠재우는 의혹

걸어 다니는 편견

욕망에 충실한 북소리는
귓전을 울리고 심장을 뛰게 하네

창궐하는 발상은
쉴 틈이 없어서 걸음마다 무겁다

자유분방한 편견이
그나마 수평을 유지하려고
밤낮으로 마음을 저울질하네

〈2012 안동문학 제35집〉

무료한 삶의 무늬

생의 아픔은 예고도 없다
의혹은 곳곳에 도사리고 있다
어제는 살아 있고 오늘은 보이지 않는다

알량한 자존심은
비틀거려도 오기로 버틴다

변방의 바람은 방종을 좋아하며
빗방울은 위태로운 사랑에 출렁거리고
덩굴은 우연을 꿈꾸며 벽에만 집착한다

소리의 주검들이
바람에 흩날릴 즈음

한결, 간결해진 숲에서
나무들이 산을 지키고 있다

무심한 질주

아무 목적 없이 살아도
지구는 빙글빙글 돌아가요

둥글둥글하게 살아라
돌고 도는 것은 행복한 유머다

먹고살자고 하는 짓거리는
당신께 바치는 소망이라오

둥근 테두리에서 태어난
우리는

새들처럼
혼잡한 세월을 쪼아 먹으며
적막을 뒤흔들다가

결국엔
티끌도 없이 사라진다

잠복 기간

여분의 충격은 쉽사리 끝나지 않는다
사랑에 눈먼 질투는 괜스레 헛기침을 자주 한다

고민의 원천은 혼란스럽다
목젖에 걸린 통증은 잘 가시질 않고
상처는 입을 벌리고 있다

우울한 습지는 냄새도 지독하다
방심의 틈새로 아리송한 말들만 오간다
바람이 빠진 풍선은 볼썽도 없다

정답도 없는 질문을
구름이 한참을 주무르다가
빗물로 방출시킨다

곡절이 많다

심장에 가까울수록
비밀은 더욱 깊숙한 곳에 있다

궁금증은 미로가 많아
갈 길이 바빠도 힐끔거리고
탐욕은 귀가 얇아서
원망과 저주를 자주 불러들인다

악마의 속삭임은
입이 크고 비열한 짓을 잘 꾸민다

간사한 말솜씨는
생김새와 관성에 따라
항상 비상구로 교묘히 빠져나간다

시간을 잠재우는 의혹

험준한 산허리에
우뚝 솟은 바위 하나

명당의 생불일까
온전한 자유일까
하찮은 산물일까

세상만사를
두루 섭렵하였으니
무섬증을 느낄 일도 없을 테고

자연에 순응하면서
공손하게 조금씩 늙어갈 따름이지

사람처럼
때맞춰 떠나지도 않겠네

피할 수 없는 근거

우주의 눈빛이 번뜩거려요

시시각각
몸의 동선은 손안에 있고
감출 것은 마음뿐이니

불안한 심성은
두려움에서 비롯된다하지요

타성에 젖어
사라질 이름들이여

먼 후대가
나를 답습하나니

무정한 세월은 모를지라도
얄궂은 생의 동향을
남들은 면경으로 보고 있다오

가언적 추론

비몽사몽간에
누군가가 내 살가죽을 벗긴다

몸서리치면서도
추태를 보이고 싶지 않았다

끔찍한 무능력으로
속에서 열불이 치밀어 올라
끝장이 뻔한데도
별을 붙잡고 놓지 않았다

왼쪽이 무서워서
습관대로 오른쪽으로만 걸어갔고
거긴 남쪽이 아닌 추운 곳이었다

경로를 이탈한 악몽이
비밀 통로를 벗어날 때
게으른 유령들이 껄껄 웃고 있었다

피안으로 가는 바라밀

안녕!

먹구름이 걷혔네
그럼에도 심기는 불편하였네

평탄치 않은 산길에
세속을 미련 없이 버렸건만

거절할 수 없는 본능인지
산바람 울음이 그치질 않았네

진즉 잊었는데

청청한 독경 소리에
오래 부푼 몸 비늘들이
마른 가슴에서 훨훨 날아가고

혹독한 추위에도
불심은 선방의 촛불처럼 따스하였네

오만한 관계

구름이 내뱉었던 헛말들이
다시 모여서 구름이 되었네

세상에 버림받은 신뢰가

여기저기서
이리저리 부딪히며
사소한 감정으로 응어리지네

갈증이 삼킨 쾌락을
풍문으로 마구 쏟아낼 때

서로 가볍게 헤어지는
질서와 혼란처럼 이력도 없어라

〈2013 안동문학 제36집〉

증후군

불안은
생존에 대한 반사 작용이라

사랑의 열병은
증세도 없이 아프다

본성이
하얗게 부서져 내리고
머리카락은 하늘로 솟구친다

사람은 많아도
정작 보고 싶은 얼굴은 보이지 않고
두 발은 덤불에 걸려 허우적거린다

고뇌에 빠진 입맛은
만사를 축 늘어지게 한다

내세울 만한 논리도 없다

통칭, 우리네 세상

이 고을 사람들은
날마다 일어서고 쓰러지고
이곳저곳으로 쏘다니는

즉, 요약하자면
순간 이동이라 하여도

주어진 삶이 과분한지
모른 척, 에두르는 핑계가
절박한 외침처럼 들린다

인생은 물음표와 같아서
숨을 거둘 때는
일말의 가책도 느끼지 못하겠지

이상향^{Utopia}

흐르는 강물 속에
흘러갈 수 없는 내가 있었네

내 뱃속에서 자라난
돌덩이 무게가 가당찮았으니
달리 방편이 없었네

세상 참 몰랐던 절정의 나날 동안
욕망과 두려움은 제각기 서둘렀고
먼 길 떠났던 생각만
다시 돌아와 강을 거슬러 올라가듯이

생의 내면에 불편한 진실이 있었다면
한 때 맑았다거나 한 때 흐렸다는 것이지

버릴 것은 다 버리고 강물은 바다에 다다른다 해도
젖은 몸의 바다는 영혼을 잉태시키는 강바닥이라
온갖 사유에 파묻혀 떠날 수가 없었다네

구름에 관한 담론

유유히 떠다니는
지상의 유적들인가

헤어지는 연인같이
왜 자주 글썽거리지

가라사대
원혼들은 구름 속에서 헤맨다지
악마는 먹장구름을 타고 다닌다지
붙박이 사랑은 처음부터 없던 거였지

언제든 어딘가에서
뭉게뭉게 피어오르거나
처음처럼 둥실둥실 찾아오거늘

역시 하늘엔
구름이 있어야 제격이지

물증의 존재

감정이 함축된
화석을 들여다보네

신기神祇의 노여움이
소리까지 거두어 갔네

하늘 문은 닫히고
무간옥에서 헛되이
억겁 동안 살았겠네

금방이라도
살아 움직일 것 같아
태곳적 혼돈이 어른거린다

고질병을 잊어라

하늘 검은 날은 머리도 무겁다
속된 생각마저 여러 마음에서 자란다

행복한 걱정거리는
울고 싶어도 웃어야 한다

맨땅에서
풍치를 이뤄내는 나무를 보라
뿌리와 우듬지까지
제각기 생동을 보여 주잖니

여름이 건너가고
가을이 끝나갈 즈음

잎새는
눈치 빠르게 변신하고
살길을 찾아 떠난다

빚쟁이

신불께서 점지하시어
욕망이라는 빚을 짊어지고
지상에 내려왔네

사노라니

해가 갈수록
이런저런 연유로
빚은 눈덩이처럼 불어나

아무짝에도 쓸모없는
몸뚱어리가 그 빚을 떠안았네

머지않아
빚더미에 깔려 죽을 것이 분명한즉

생전의 업보
죽었어도 갚을 수가 없겠네

빈방

시방, 방안에
가만히 누워 있는 그대는
구중궁궐에 머무는 귀하신 몸

부귀영화를 누리느라
천하에 부러울 게 없는 듯하다

창밖은 왁자지껄하건만
즐기는 오수가 나른하다

꿈인가 생시처럼
의심이 솟구치고 절망이 쏟아지며
벽을 허물고 바다가 들어온다

고개 돌렸던 창문이
그제야 저녁을 불러들이자

캄캄한 나락으로
마음 한 칸이 무너져 내린다

착란

보름달이 강물에 빠졌다
물고기들이 우르르 몰려 달을 뜯어먹었다
강물만 잠시 몸을 출렁거렸지
달은 제 모습 그대로였다

미지에 대한 호기심도
답답하기만 했던 옛일처럼
알고 나면 허탈한 웃음이 난다

지상의 부음은
거짓말같이 수시로 들린다

죽음은 잔인하다
그 순간은 단, 한 번뿐

잊혀야 하는 방식은
슬프고 괴로운 습성이다

후일을 위한 소멸

내가 걸어온 자취가 흔적도 없다

생각해보면
굉장한 것 같았는데

인제 와서 보니
방금 떠나온 자리도 보이지 않는다

누구를 위해 살았던가
단단한 기억만 생생하다

기억을 만들고
기억을 살리며
기억을 하나, 하나 버려가면서

불멸을 데려간 시간을 따라
내가 점점 사라져 가고 있는 듯하다

당찬 포부는
자랑스럽기만 하였지
요행은 그 이상의 꿈이었으니

삶의 여백을 채워주는 (주)금강티에스 www.igoldpower.com

제 4 부

회상의 근황

당신이라는 사람

하물며
당신도 명색이 사람이라

겉으로는 허름하게 보여도
실속만은 대단한 것 같아서

막상 들여다보니
허울 좋은 이름만 남았구나

날 저물어

문을 활짝 열어 놓고
회심會心의 눈맞춤을 기다리는
당신은 그간 별고 없었던가

메마른 손으로
수그린 뒷모습이 만져지지 않네

세속적인 추락

즐겨 찾는 바닷가에

서성거리는 흔적들이
심심한 구름인가 싶더니
짓궂은 비가 되어 부슬부슬 내린다

몸 던져
성난 물결을 잠재우려는
저 가녀린 빗줄기에

마비된 마음 하나
오도 가도 못하는구나

뱃길도 모를진대
제풀에 지쳐버린 망상을 멀리 보내고
두 손으로 망망한 바다를 덮는다

알람 Alarm

어둠 저편에서
몽롱한 목소리로
신이 나를 부르고 있습니다

죽었던 몸이
부스스 눈까풀을 열어 보니

어제의 사람은 멀리 떠났고
오늘의 사람은 먼동에 흔들립니다

오늘도 살아 있다니 다행스럽고
오늘을 살아가자니 고통스러워도

낭랑한 색청이
무딘 생을 일깨워 줍니다

회상의 근황

시간 남아돌아
가랑비에 마음 젖네

젖은 꽃 바라보며
기울이는 구름 몇 잔에
눈빛이 흐려지네

모든 이야기는
바람에 나부끼고

당찬 포부는
자랑스럽기만 하였지
요행은 그 이상의 꿈이었으니

긴 세월 내내
늘 푸른 하늘이었겠나

어설픈 몸짓으로
술렁거림만 자초했을 뿐이지

누가 던진 부메랑일까

굳이 강이 아니어도 좋았다

장맛비에 모든 물줄기는
제 갈 길을 만들어가며 흐른다

한번 흘러간 강물은
영영 돌아오지 않겠지만
나를 부정하던 죽음은
후세에 전생으로 다시 돌아올까

세월을 뛰어넘어

이제껏 몸을 부려 먹었던 밥그릇이
되레 원망스레 몸을 째려보고 있다
궁색한 복장이 터질 것 같다

부실한 몸으로
앞날을 살아가려니
여생, 전부를 팔아야겠다

강산이 변할 만큼 변해도

어제는 비바람이 나를 흔들었네
오늘은 구름 뒤에서 당신이 울고 있네
내일은 화창한 날, 웃음을 만날 걸세

어제의 하루가 우울했다면
오늘은 버거운 햇살을 맞이하고
내일은 당신이 행복을 누리게 될 걸세

당신과 나
저장된 근황을
아무도 보지 않을 걸세

그것은 가진 것이라곤
허깨비 같은 온몸이 전부라서
아무런 염려가 없는 바닥이기 때문일세

〈2013 안동문학 제36집〉

시간의 모래밭에서

주인을 따라나선 연민이
파도와 속삭이며 밤을 마시네

너는 나를 진심으로 사랑하였네
나는 빙점이었고 살 속만 따뜻하였네
조목조목 긍휼한 생은 할 말을 잊었네

난파된 양심에 채울 것도 없어라
처참한 진실을 지우지도 못하겠네

부서진 모래알처럼
더는 갈 곳 없는 넋두리는
끝없이 이어지는데

별들은 벌써 취했는지
거친 세월 달려온 낡은 구두를
측은한 듯이 바라보네

나를 어찌 다 숨기랴!

새삼스레
대명천지에서

나는 땅에서 솟아오른 산을 보았다
나는 산이 흘린 눈물이 모여 흐르는 강을 보았다
나는 슬픈 산의 슬픔을 덮어 주는 숲을 보았다
나는 모든 강물을 집어삼킨 바다를 보았다

그리고
고개 들어 하늘을 쳐다보니

허술했던 과거가
나를 낱낱이 훑어보고 있었다

능동적인 반항

화려한 남들에 비해

초라한 내 신세가
도무지 이해도 안 되겠지

덤으로 사는 것 같아
오지랖을 넓히다 보면
첩첩 허영을 그냥 지나치지도 않았겠지

지겨운 일상에
가련한 존재는 늘 아우성이지

어느 때 어떠하든
인간사 어려운 것은
당신이나 나나 마찬가지 아니겠는가

미련한 슬픔

우둔 미련하여
만만하게 살다가
굶어 죽을 지경이다

배가 고프면 더 서럽다
체면치레로 배부른 척한다

구름빵이
구름처럼 널려 있건만
슬픔은 소화도 제대로 안 된다

허기진 뱃가죽이
등에 달라붙은 듯해도

명줄이 느슨한 탓으로
죽지 않으려고 뱀처럼 고개를 쳐든다

어제 흉내를 내다

노을에 물들어
뼈마디가 물렁물렁해집니다

야성으로
싸돌아다니기에 급급했고

끈질긴 변명들이
구름처럼 우물쭈물하면서
궁상만 떨었던 하루였습니다

비겁한 인간은
오늘도 내일 걱정으로
답답한 밤을 채우려 합니다

잠시라도 싱긋해 보자

지금쯤은
누군가도 나를 읽고 있겠지

아예 잊히지 않는 것들은
눈앞에서만 아른거리지

너의 뜨거운 관자놀이를 어루만질 때
너는 죽은 듯이 나를 감지하였고
내 몸은 아득한 심해 속으로 가라앉았지

너와 나의 밀도는
혼이 없는 구름이 되어
바다에서 하루를 울어야 했고

의미 없는 새벽에
또다시 어디론가 떠나야 했지

그런저런 날들은
한꺼번에 두 길을 갈 수 없듯이
가까이 있는 것 같아도
한편으로는 허전한 것이지

미완성

나는 좀 모자라는 사람인가 보다

몸에 불을 켜고 잠을 잔다
겁도 없이 거울 속으로 들락거린다
한쪽 귀로 전화받고 한쪽 귀는 들리지 않는다

쓸데없는 걱정으로
맑은 날에도 두려워서 말을 더듬거린다
그래도 바다는 건너가야지
해변 어딘가에 모스 부호로 자취를 남긴다

구름 풍선이 터트린
가는 비는 오다가 말다가
우산에 떠밀려서 걸어 다닌다

나는 역시 안될 사람인가 보다
나날이 운신의 폭이 좁아지고 있다

청춘 소망

일생!
거칠 것 없는 바다를 바라보며
부르는 노래는 왠지 쓸쓸하여라

몸 하나로
부를 쌓고 허물었던
누적의 형상들

누군가를 위해
파도처럼 울어 본 적도 없고
누군가를 위해
파도처럼 용감해 본 적도 없어라

저녁노을도 어두워지는데
열렬한 사랑만 넘실거리고

바다는 살아 있네, 만년청춘이어라

구겨진 흔적

시작은 불안했지만
어제는 편안하였네

실은 뭘 잘 몰라서
어떠한 거침도 없었던 거지

무작정 사랑에
밤새 몸살을 앓기도 했어

이른 새벽에
서두르다 날개를 잃어버렸지

땅속만 파고드는 두더지처럼
내내 후환이 두려워서
바람의 입을 틀어막고 있었지

허방을 메우다

줄어드는 가을빛이
바람을 만지작거리는 날

나뭇잎들이
햇살 한입씩 가득 물고
바닥으로 내려앉네

누구나 한 번뿐인
청춘을 지나왔듯이

서로 몸을 포개어
머물다 떠나온 뒤안길을
군말 없이 덮어버리네

그림자 논쟁

길을 가다가
그림자를 보노라면
무고한 뒤통수를 보는 것 같다

대낮부터 마신 술에
정신이 혼미해지던 날

주정이 객기를 지나
광기로 횡설수설하면서
생을 호도하니 매우 굴욕스럽다

불콰해진 동공으로
수시로 다른 모습에 논쟁도 만만찮다

식별이 어수선할 즈음

분수도 잊은 채
석양에 깍듯이 경의를 표하고
골목 안으로 도망치듯이 달아난다

탑골 공원에서 놀다

눈앞 사랑은
봄볕이 잠시 머무는 곳
탑골 공원에서 꽃을 피운다

시절 모르게
나들이 나온 상좌 모습들이
세월에 멈춰버린 그림 같다

살 집을 입으로 짓는 새들처럼
밥을 먹는 둥 마는 둥 하면서
뻔질나게 문전을 드나들 동안

햇살 느긋한 청춘이
그딴 내일을 염두에 두었을까

이래저래 봄은 왔건만
온기 떨어진 화신化身들이
느릿느릿 모여 앉아 햇볕을 쬐고 있다

당신의 장르

오로지
삶의 의무와 권리를 다하려고
당신의 세속은
의도적으로 움직였죠

시련을 잊어버리고
외로운 파문만 일으켰으니

당신의 과거는 어둠에 숨어 있었고
당신의 현재는 드러내고 싶지 않았으며
당신의 미래는 탄탄대로가 열려 있는 것 같았죠

솔깃한 말에 당신은 흔들렸고
막장에 다다랐어도 당신은 도도하였으며
당신은 매사에 진지했지만
실상은 걸어 다니는 장식품 같았어요

영원하리라 했던 당신은
스스로 하던 일을 접으면서
당신을 떠나려 하고 있네요

거룩한 의자

보낸 세월보다
더 늙어버린 의자가
책상 앞에 멍하니 앉아 있다

보기도 싫은 변모에
심한 충격을 받은 모양이다

밑바닥 생활은
그렇다 치더라도

주인이 바뀔 때마다
눈치껏 움직여야 했으니
고달픈 날도 많았을 게다

불평을 한들
이미 얼룩진 세월이었거늘

그는 오늘도
삐걱거리는 온몸으로
중심을 바로 잡아가면서
묵묵히 소임을 다하고 있다

평온한 자유를 주는 건
변절 없이 아름다움을 함께하는
애틋한 세월이겠지

제 5 부

황홀한 치유

달빛에 젖어

환한 보름달
신비롭다

한껏
부풀어 오른 정열이
벅차다

사랑은
멀리 있더라도

그대 젖무덤에
그리움을 버리고 싶다

오래된 착각

고요한 밤에
꿈속의 단청 같은
사랑은 늘 변덕스럽지

반짝이는 별빛이
오히려 사치스러워라

너와 내가 아니었던들
뜨거운 연정이 번번이 되살아나
잔잔한 호수에서
물고기처럼 퍼덕거리겠는가

한때
쑥스럽던 무렵

선한 얼굴은
꽃보다 더 아름다웠지

검은 나무

회상의 언덕에는
여닫을 창문도 없네

거기에 검은 나무가
바람을 잠재우고 있지

그에겐 식솔이 많아
편할 날 없어도
눈높이로 자신을 다스리지

한겨울에도
그의 가슴엔 푸른 강물이 흐르고

무심결에
눈 밑이 시큰거리는 날은
거뭇거뭇한 산마루를 어루만지지

그의 소원이라면
메말라 허물어지더라도
둥지의 표상으로 남는 것이지

추모

0시!
비릿한 생을 위해 묵상하는 시간

사각지대로 유랑하는 아픔이
살을 숭숭 뚫고 있습니다

허공에 무덤을 파면서도
생존 원리를 따라가야 하는 몸은
밥줄에 매달려 허우적거립니다

갸륵한 영혼이여!

이 순간만이라도
순서가 따로 없는 세상일을
잠시 거두어 주소서

〈2011 안동문학 제34집〉

희열을 만끽하다

낯선 곳에서
누가 내 이름을 불러 준다면
그지없이 반가울 게다

세상에서
나를 아는 이
과연 몇이나 될꼬

살맛, 아뜩해지는 날
무섭도록 외로운 길거리를
가랑잎처럼 유랑할 때

나를 알아 준다는 것
내가 사람같이 보인다는 것

그보다 더 기쁜 일 또 있으랴!

숨은 항상 고르지 않다

얼마나 오래 살까
꽃들이 활짝 웃는다
나무들은 고개를 절레절레 흔든다

삶의 끝은 정해져 있다
언제 도착하느냐가 문제다

백지에 숫자 33을 그린다
반대로 써서 붙이면 88이 된다

언약한 백년해로는 먼 것 같아도
과민성처럼 언제 사라질지 두렵다

황홀한 치유

달빛이 걸어온 얘기를
다 하자면 사연이 너무 많지

너의 정원에 꽃이 피면
나의 풍경은 낙엽 지는 가을이라
어색하기만 했던 너와 나는
속 깊은 나이테를 벗어나지 않으려고
서로 조금씩 닮아 갔었지

우린, 원래 하나였을 거라며
누누이 다잡았건만

말 같잖은 말이라고
삐죽거리는 너의 참모습은
언제 봐도 화사한 봄날이지

너와 나, 서로에게
평온한 자유를 주는 건

변절 없이 아름다움을 함께하는
애틋한 세월이겠지

자전적 가설

사랑에 미쳐서 웃고 있습니다
미쳐야 더 미친다고 웃고 있습니다

미치지 않는 사랑은 울고 있습니다
미치지 못해* 미칠 수 없다고 울고 있습니다

형편이 여의치 못해
아껴둔 침묵을 뜯어먹습니다

미쳤던 사랑도
불온한 행적을 지우고
조용히 액자 속에 빈자리를 차지합니다

---

* 미치지 못해 : 일정한 수준, 정도에 미달하는 불급不及의 의미

젊은 날의 환상

너의 눈동자에
가을이 진다

불쑥 사라지는
낯익은 나날들

수런거리는
핑크빛 염문처럼

속 정 바람이
세월과 내통할 줄
누가 알았으랴!

살아 있는 나도
미리 준비된 낙엽이려니

몇 줄기 바람이 지나면
내 뼈도 속속들이 드러나리라

바이러스

내 비천한 몸은 바이러스 천국이다

고밀도 집적 회로를 따라
복잡 다양한 바이러스들이
육신 구석구석에서 살고 있다

그들은
내부와 외부를 유기적으로
완벽하게 조화를 이루면서

먹고살려고 바둥거림도 없을 것이다
기괴한 비명을 지르면서 즐길 것이다
보나 마나 질서 정연하게 살아갈 것이다

있는 그대로
또 다른 삶의 터전이 되어 준다는 것

그래서 나는 행복하다
이 세상에 감사드린다

목소리만 살아 있다

강물도
목이 마르는 한여름 밤

막막한 초원에서
고립된 토끼 한 마리가 달의 뒤편으로 숨는다
목숨은 무엇보다 소중한 것
이때는 숨소리도 죽여야 한다

죽지 않는 소리를
죽여야 하는 고통으로 헐떡인다

살아 있어 소리를 내고
큰소리는 삶이 왕성하다는 것
덜 익은 슬픔은 소리만 요란하다

내세울 게 없는 목소리는
자꾸만 작아져도 목청을 돋운다

외곬 통로

시계의
큰바늘과 작은바늘

문지도리가 닳아 없어질 때까지
그 누구보다도 다정한 그들이기에

신이 내린 축복을 맘껏 즐기리라
추억의 결도 가지런히 그려 가리라

조용, 조용한 걸음으로
앞서 가다가 만나거나
뒤따라가다가 만나거나

서로 쓰다듬으며
자나 깨나 연인처럼
사랑을 다져 가며 확장해 나가리라

눈부신 발아를 꿈꾸어라

어디서 흘러 왔는지

발 없는 혼백처럼
씨앗 한 톨이 굴러다니네

분명, 주검은 아니다
고즈넉한 겨울 산사 같다

신기하게도
검은 몸에서
싱싱한 정기도 흐른다

양지쪽에 묻어 주어라

봄날이면
그가 몸을 풀어
멋진 풍경을 만들 것이니라

때론 환각도 필요하다

불안한 행복이라도 풍성했으면 좋겠다
많을수록 슬픈 기쁨도 많이 찾아온다

자만에 빠진 인생
무궁무진한 것 같아도
사랑하며, 이별하는 것

볼거리도 지루할 때가 많다
환상은 달콤하나 약점이 많고 위험하다
활발히 움직일 때가 그래도 즐겁다

꽃들이 마냥 펼쳐지는 날
뚱한 표정도 환히 밝아지면 좋겠다

귀소 본능

바람의 무게일까요

떨어지는 이파리들 노랫소리가
구슬프게 들리네요

돌아보지 않을래요
더 낮은 곳에서 살고 싶어요

누군들
정든 곳을 떠나고 싶겠소

잘 모르면서
가까이하고 멀리하였던 차별들이
생채기가 되었네요

바삐 살 적엔
햇볕은 그저 생필품이었지요

물길 끊어지니
태어난 별자리로 돌아갑니다

내 안의 바다

바다에 와서 보니
그리움을 알겠더라

마른 추억은
파도에 겹겹이 주름 잡히고

수평선에서 망설이며
오지 않는 모든 것들

외롭게 보여도
흔들림 없는 작은 섬들이 부럽다

간밤에 별들이 다녀갔는지
백사장엔 발자국들만 어지러운데

멀어지는 뱃고동 소리에
서로 모르는 갈매기들만
서로 위로하며 울고 있더라

유랑, 그 유장한

푸른 영혼은
현실과 상상의 경계를 지나
유목의 길을 떠나네

자유로운 바람처럼
시간의 비밀을 간직한 채
나는 어디서 왔을까

어렴풋한 궤적이 자못 궁금하여도
정처 없이 떠도는 운명인지라

헛된 리듬의 침묵으로
길든 속세를 일탈하여
태생의 삶을 되짚어 보는 거야

저항할 수 없는 한 시선에 이끌려
차별 없이 세상의 모든 것을 바라보면서

나는 또다시 멀리 떠나리라

소유한 적 없는
사랑을 더듬더듬 읽으며

〈2012 현대시문학 통권38 봄〉

보이지 않는 간극^{間隙}

곡선이 사랑의 감정이라면
직선은 욕망이 분출된 사랑인지

서로 눈빛에 갇혀서
무언의 선을 따라가다 보면
이승과 저승 또한 구분이 없는 것 같다

현실과 이상에 괴리가 있어도
눈 깜짝할 새
유명을 달리하는 삶을 보라

우리는 간혹
그릇된 관념에 사로잡혀서
몸을 놓치기도 한다

다만, 시간의 사랑이
압축된 생을 얼마나 많이 풀어줄 수 있을는지

마음의 수평은
절대로 쉬운 일이 아니다

스스로 다짐하면서

나의 무지한 욕심으로
남의 희망을 아프게 하고
작은 심장에 커지는 건 불신뿐이라

내가 버려야 할 것도 많고
내가 만들어야 할 것도 많아
생각에 항상 여백을 남겨 두어야겠다

앞을 바라보는 도량이나
뒤돌아볼 줄 아는 겸손함으로

자전하는 두려움을 멀리하고
공전하는 진심을 찾아야겠다

솜털까지 생각나는 모든 것을
다 지웠다 해도 절로 되살아나는 기억을
깡그리 잊을 때까지 정진해야겠다

| 글을 맺으면서 |

내게서 일어난 파문이여!

뭘 좀 알 만하면 인생은 멈춰버리는 것 같다
어디까지 갈지 모른다는 것
겨울나무들은 죽은 것 같아도 살아 있다

봄이 되면 만물은 소생하는데, 사람은 왜 영원하지 못할까
내가 내 속으로 들어가서 나를 지배하려 해도 잘 안 된다
나를 어떻게 해독해야 하나

어릴 적 나는 초상집에 무서워서 가질 못했다. 밥도 제대로 못 먹었다. 정든 사람이 죽으면 기원도 없이 슬프다. 진정한 사랑을 잃어버리는 것 같다. 죽은 사람들이 남긴 그리움은 오랜 세월이 흘러도 잘 잊히지 않는다. 남은 사람들이 재량껏 슬픔을 이겨내고 어떻게든 살아가야 한다. 그 평범한 진리를 깨닫는 데 오랜 세월이 걸렸다.

무궁한 사랑과 미움도 많이 받았다. 사랑과 애증

이 얼마나 많이 오갔던가. 해 종일 가는 길에 삼라만상을 만나듯이. 밤새 불면의 담을 쌓으면서 사랑을 찾아 헤매기도 했다.

사랑이 있는 풍경은 아름답다
하지만 아름다운 사랑이라고 해서
언제나 행복하기만 한 것은 아니다
그 사랑이 눈부실 정도로 아름다운 만큼
가슴 시릴 정도로 슬픈 것일 수도 있다
사랑은 행복과 슬픔이라는 두 가지의 얼굴을 하고 있다
　　　　　　　　　　　– 생텍쥐페리, 《사랑이 있는 풍경》 –

　잔잔한 호수에 돌을 던지면 물이 출렁거린다. 물비늘이 반짝이는 건 잠시뿐. 아무 일 없는 듯이 수면은 다시 잠잠해진다. 돌은 영원히 물속에 잠긴다. 돌은 물 밖으로 언제쯤 나올까. 돌을 던져 물수제비를 뜨며 나는 웃고 있었다.

　정든 고향을 영원히 떠날 수 없었을 것 같았다. 생각은 보기 좋게 빗나갔다. 삶의 터전을 찾아다니다 보니, 고향을 떠나 지금까지 타지에서 살고 있다.
　갖은 노력에도 주어진 환경은 크게 변한 게 없었

고, 몸과 마음만 고달프고 아팠다. 본성은 변하지 않았다. 정해진 길을 걸어가야 할 보잘것없는 인간이라는 것을 일찍 깨달았어야 했다. 가난한 본능은 늘 몸부림이었다.

유년시절처럼 세상 참 몰랐을 때가 가장 행복했다고 생각된다. 세상에 거칠 게 없었으니 얼마나 즐거웠던가. 개구쟁이는 언제나 신명이 나서 깔깔거리고, 장난기 있는 행동은 잠시도 한 곳에 머물지 않았다. 무성한 상상으로 하늘을 새처럼 날아다녔고, 물 위를 걸어 다녔다.

공상과학 만화는 나에겐 더 말할 수 없는 책 중의 책, 기쁨의 속수무책이었다. 자유자재로 비행접시를 타고 은하계를 주름잡았다. 신비한 잠수정을 타고 해저 2만 리를 내 집 드나들 듯이 들락거렸다.

유년이 지나자 도서관의 수많은 책이 자유분방한 나를 책 속에 가두었다. 앉아서 수 세기 전의 세상에 가 보고 세계 여행을 다녔다. 세계는 넓었고, 역사는 되풀이되었다.

세상은 수많은 사람과 더불어 살아간다. 남들이 보면 부러워할 삶을 살아가기도 한다.

하지만 자기 자신은 엉망진창인 삶을 느낄 때도 많을 뿐 아니라, 모든 불행을 혼자서 다 감당해야 하는 경우도 있을 것이다.

누구든 나름대로 고통과 부족한 점은 다 있으리라! 완전무결한 삶이 어디 있겠는가.

손바닥 세상에서 앞서거니 뒤서거니, 그도 모자라 많이 있고 없음을 비교하니, 부처님이 보면 가소로울 것이다. 차별 없는 세상을 바라는 것은 모든 사람의 꿈일 뿐이다.

인간은 어떻게 보면 너무나 미미한 존재다. 생존의 노하우를 살리면서 내 방식대로 살아가야 한다. "나"라는 존재는 나 이외의 모든 사람을 위해 희생하면서 살아가야 하는 것, 완벽한 외로움도 홀로 삭여야 한다. 나를 대신해서 살아 주는 사람은 아무도 없기 때문이다.

한 편의 시가 나를 감동케 한다. 영화 대사로 활용되기도 했다.

한 알의 모래알에서 세계를 보고

한 송이 들꽃에서 천국을 본다

손바닥 안에 무한을, 순간 속에서 영원을 간직하라

To see World In a grain of sand

And Heaven in a wild flower

Hold Infinity in a palm of your hand, And Eternity in a hour

－윌리엄 블레이크, 《순수의 전조前兆 Auguries of innocence》－

훗날

비굴한 세월이 점점 멀어져 가면

심장에 허공이 관통하게 될 것이다.

그땐,

내가 실컷 짓무르고 나서 버린 웬 늙은이가,

스스로 늙어버린 내가,

나를 째려보게 될 것이니라!

〈여백의 활용〉

저희 회사는
희망을 주는 일자리를 창출하고 있습니다
고객의 안전과 풍요로운 가치를 추구하고 있습니다

주요사업내용

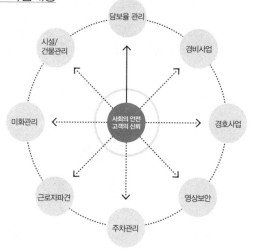

최상의 고객 감동을 주는 기업 **(주)금강 티에스**
서울시 마포구 성미산로 12 (성산동, 진호빌딩 3층)
www.igoldpower.com
☎02-337-0983 (FAX 02-337-0986)